FESTAS

O FOLCLORE DO MESTRE ANDRÉ

Marcelo Xavier

Fotografia
Gustavo Campos e
Eugênio Sávio

Conforme a nova ortografia

CB026642

Formato

Para a Célia, minha irmã

Foi na loja do Mestre André
que eu comprei uma cornetinha.
Tá, tá, tá, uma cornetinha,
ai-olé, ai-olé, foi na loja do Mestre André.

Foi na loja do Mestre André
que eu comprei um pianinho.
Plim, plim, plim, um pianinho,
tá, tá, tá, uma cornetinha,
ai-olé, ai-olé, foi na loja do Mestre André.

Foi na loja do Mestre André
que eu comprei um tamborzinho.
Tum, tum, tum, um tamborzinho,
plim, plim, plim, um pianinho,
tá, tá, tá, uma cornetinha,
ai-olé, ai-olé, foi na loja do Mestre André.

Foi na loja do Mestre André
que eu comprei um violão.
Dão, dão, dão, um violão,
tum, tum, tum, um tamborzinho,
plim, plim, plim, um pianinho,
tá, tá, tá, uma cornetinha,
ai-olé, ai-olé, foi na loja do Mestre André.

Foi na loja do Mestre André
que eu comprei uma sanfona.
Fon, fon, fon, uma sanfona,
dão, dão, dão, um violão,
tum, tum, tum, um tamborzinho,
plim, plim, plim, um pianinho,
tá, tá, tá, uma cornetinha,
ai-olé, ai-olé, foi na loja do Mestre André.

....

(Cantiga do folclore brasileiro; trecho citado de memória.)

Todo janeiro, a fazenda dos meus avós, no interior de Minas, ficava estufada de primos e tios. Nada de compromissos, nada de horários. Férias! Você conhece bem o sabor dessa palavra, não é mesmo? Os dias começavam com uma bela mesa de café, e depois era só brincar, brincar e brincar. À noite, eram as rodinhas aconchegantes em volta de um tio – e tome histórias de assombração. Assim era dia após dia, sempre deliciosamente iguais.

Numa certa tarde, de sol muito quente, brincávamos de jogar pião no terreiro quando, de repente, uma batida forte de tambores veio vindo da estrada de terra que chegava na fazenda. Interrompemos imediatamente a brincadeira, levantamos as orelhas e espichamos os olhos na direção daquele som estranho. Na curva da estrada surgiu, então, uma figura mascarada vestindo uma roupa larga e estampada, cheia de fitas coloridas. A coisa rodopiava e dava saltos, sacudindo uns chocalhos amarrados na cintura, nos pulsos e nas canelas. Pra mim aquilo era o demônio que vinha cobrar nossos pecados. Eu tremia dos pés à cabeça.

A dança agitada daquela figura levantava uma poeira amarela que a luz do sol transformava em efeito especial. No meio da poeira, logo atrás do mascarado, vinham os músicos tocando viola, violões, tambores e pandeiros. Acima de tudo, uma bandeira vermelha presa a um mastro fazia aquela nuvem de poeira e gente parecer um barco maluco se arrastando pela estrada.

Chegaram até junto da sede da fazenda, tocaram, cantaram com uma voz aguda feito ponta de agulha, tomaram café com queijo, broa de fubá, biscoitos, e se foram. Meu coração não parou de pular um minuto.

Um tio me disse que aquilo era folclore.

Passei anos com medo do folclore.

Muito tempo depois, soube que havia assistido, naquelas férias, à passagem de uma autêntica Folia de Reis – uma das mais belas manifestações do folclore brasileiro.

Quando aceitei o desafio de fazer esta coleção me lembrei, imediatamente, daquela tarde na fazenda. A imagem daquele palhaço mascarado saltando e chacoalhando no meio da poeira, que tanto me apavorou, hoje é uma das minhas mais belas lembranças.

Com este trabalho, quero que você também conheça coisas fantásticas como a Folia de Reis e muitas outras maravilhas do nosso folclore.

Acho importante você saber que o folclore não é apenas uma coisa do passado, da tradição. Ele é vivo, e está presente no seu dia a dia, muito mais do que você imagina. Está na sua moeda da sorte, nos apelidos da sua turma de colégio, nas gírias, nas suas superstições, em algumas coisas que você come, em gestos, jogos, brincadeiras ou festas que você frequenta. Por isso é tão importante conhecer o folclore. Ele está ligado à nossa vida de um jeito muito forte.

Outra coisa que me empolgou nesse projeto foi o fato de poder mostrar imagens do nosso folclore por meio da técnica de modelagem que venho desenvolvendo há tempos. Fazer de massinha todas aquelas figuras e objetos do folclore seria fantástico. Trazer para perto da minha – da sua – mão, de uma certa forma, aquela maravilhosa Folia de Reis...

Portanto, se você encontrar, no lugar onde trabalho, uma pequena caixa, não abra. Podem pular lá de dentro o Saci, o Curupira, capetinhas e outras figuras muito estranhas que vão aprontar com você. Ou foliões e festeiros das nossas festas tão populares...

Um outro jeito de encontrá-los é abrir este livro.

Mestre André é um contador de histórias que parece saber um pouco de tudo. Mora no alto de uma ladeira, numa daquelas casas com jardim, quintal, sótão, porão, varanda, biblioteca e piano.

Todo fim de tarde, ele reúne as crianças da rua para falar de coisas como o mundo dos dinossauros, a vida no Polo Norte, o surgimento da escrita, histórias da Índia, da China e até do Cazaquistão.

Cada assunto tem o seu lugar na casa. Coisas da Natureza são no quintal. Casos de gente ou de bichos, na cozinha. Histórias antigas, na biblioteca.

Mestre André conta essas histórias apontando para um enorme globo terrestre sobre sua mesa. Abre livros, mostra gravuras, arregala os olhos, muda a voz. Mestre André é um pouco ator, um pouco sábio, um pouco louco e um pouco mágico.

Enquanto fala, as crianças, de tão encantadas, grudam os olhos nele, como âncoras, para não saírem voando pela janela.

– Dia de festa é um dia especial, não é mesmo? A tristeza fica trancada num baú, enquanto a alegria corre solta por todo lado. Todos

os sentidos são convidados: festa tem sabor, tem cheiro, tem música, tem dança e muita coisa pra se pescar com os olhos.

Hoje quero convidar vocês a conhecer algumas das maiores manifestações do nosso folclore: as festas populares.

– O que é folclore, Mestre André?

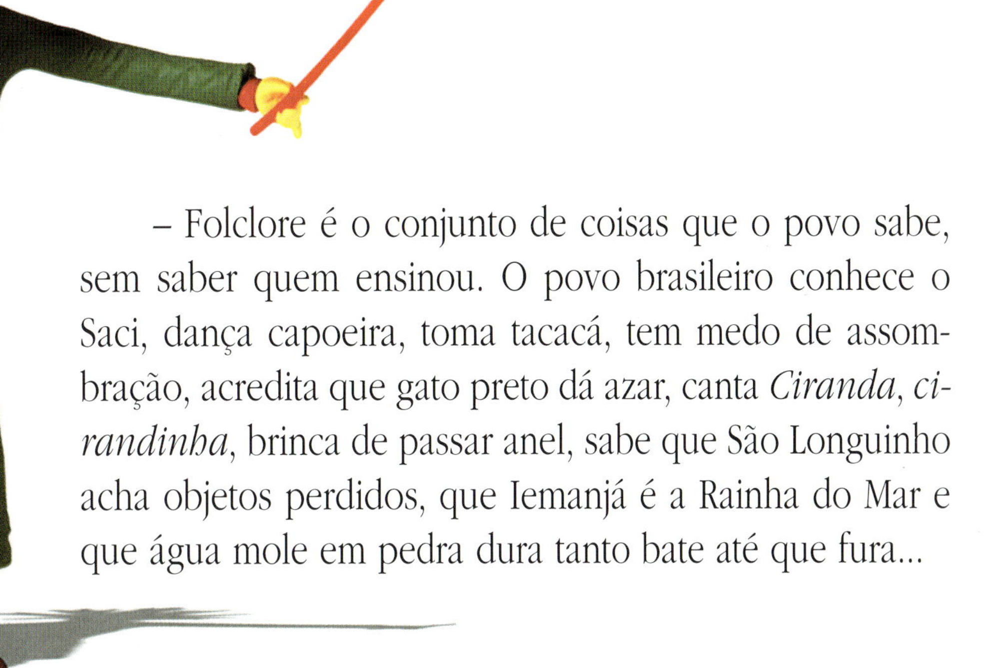

– Folclore é o conjunto de coisas que o povo sabe, sem saber quem ensinou. O povo brasileiro conhece o Saci, dança capoeira, toma tacacá, tem medo de assombração, acredita que gato preto dá azar, canta *Ciranda, cirandinha*, brinca de passar anel, sabe que São Longuinho acha objetos perdidos, que Iemanjá é a Rainha do Mar e que água mole em pedra dura tanto bate até que fura...

Mas se perguntarmos quem inventou tudo isso – os mitos, as histórias, as superstições, as danças, as cantigas, as comidas... – ninguém vai saber dizer. Porque não existe um autor para essas coisas. Elas são contadas e ensinadas, oralmente ou, de uns tempos pra cá, por escrito. Passaram do bisavô pro avô, do avô pro pai, do pai pro filho...

Assim chegaram até nossos dias.

Tudo isso faz parte do folclore brasileiro. Para conhecer uma pessoa, precisamos saber o que ela sente, de que gosta ou não gosta, o que pensa, o que sabe. Não é verdade? Pois então: o povo é como se fosse uma pessoa. Para conhecê-lo melhor, precisamos conhecer o seu folclore.

Você nem imagina as figuras, os casos, as músicas, as lendas fantásticas que fazem parte do nosso folclore... Quanto mais você souber sobre isso, mais vai querer conhecer.

– E festas populares, o que são?

– Todos vocês já foram a festas de aniversário, casamentos, formaturas, não é verdade? São festas particulares: o dono da festa convida os amigos e lhes oferece pratos e copos cheios de alegria, acompanhados de música e risos, amizade e boa conversa.

Quando o salão de festas é a rua ou a praça, e o povo todo é convidado, acontece o que chamamos de festas populares. Algumas dessas festas são tão grandes que duram dias. É nas festas populares que o povo canta, e dança, e brinca – e "lava a alma", como dizem.

FESTA DE IEMANJÁ

Cinco horas da manhã do dia 2 de fevereiro. O bairro do Rio Vermelho, em Salvador, acorda com um foguetório daqueles. Está começando mais uma festa de Iemanjá, e vai durar o dia todo. As primeiras pessoas chegam, com seus presentes para a Rainha do Mar. São perfumes, espelhos, flores, brinquedos, colares, pulseiras. No barracão dos pescadores, os organizadores recebem as oferendas, que vão colocando em grandes balaios redondos. Algumas baianas jogam água de cheiro na cabeça do povo. Outras dançam, girando e cantando pontos de candomblé, ao som de atabaques, agogôs, tambores e pandeiros. O sol brilha sobre tudo, como o mais ilustre dos convidados. O mar espera, paciente. Ele sabe que, ao final da tarde, como sempre, todos aqueles presentes vão acabar em suas águas. O mar é a casa de Iemanjá – portanto, a festa é dele também.

O presente principal é arrumado com todo o carinho, por um grupo de pessoas. Trata-se da escultura de um enorme golfinho, cercado de bonecos, espelhos e outros presentes menores.

A certa altura do dia, a fila de oferendas parece uma enorme serpente, enfeitada de flores, arrastando-se lentamente na direção do barracão. No corpo dessa fila-serpente tem gente de todo tipo. A maioria se veste de branco. Na cabeça, lenços e chapéus. Nas mãos, os presentes para Iemanjá.

Toda a região é tomada pelos cheiros, gostos e sons da festa: são vendedores de fitinhas coloridas, colares, comida, bebida, flores, baianas, com seus tabuleiros, e bandos de devotos.

Às quatro horas da tarde, como bem sabia o mar, os balaios, carregados de presentes e de flores, são levados para os barcos, junto com o presente principal. Ao som de palmas, vivas, batuques e cantos, o cortejo parte para o alto-mar, onde vão ser deixados os presentes.

No bairro do Rio Vermelho, a festa continua até o amanhecer.

CASA

CARNAVAL

Essa é a grande festa popular brasileira. De norte a sul, de leste a oeste, o país inteiro brinca e pula durante o Carnaval. São quatro dias e quatro noites de muita folia.

Quem pensa que essa festa tão afinada com o nosso povo é invenção de brasileiro está muito enganado. De origem grega, o Carnaval foi trazido da Europa pelos portugueses. No início, tinha o nome de "entrudo". Brincar o entrudo era enfrentar uma verdadeira batalha, em que os participantes atiravam uns nos outros granadas de cera cheias de água perfumada. Essas granadas eram chamadas de limão de cheiro, e, quando estouravam, deixavam no ar um perfume de cravo, canela ou rosa...

Mais tarde, por ter sido considerado uma brincadeira exagerada, o entrudo foi substituído pelos bailes de máscaras, organizados pelos homens mais ricos da cidade. Os convidados, fantasiados e mascarados, dançavam e cantavam nos salões. Segundo o folclorista Saul Martins, no entanto, o entrudo existe até hoje em algumas regiões.

Depois vieram os corsos, desfiles de carros enfeitados, cheios de gente fantasiada, jogando confete e serpentina pra todo lado.

Sem poder participar desses suntuosos desfiles, o povo, na maioria negros e mulatos, fazia o seu "carnaval" nos morros e quintais da periferia da cidade. Para animar a brincadeira, batucavam tambores, pandeiros e outros instrumentos de percussão.

No Rio de Janeiro, esse "carnaval negro" cresceu tanto, que foi para as ruas principais da cidade, dando origem às escolas de samba.

No Brasil, o Carnaval é hoje uma grande festa de rua, com características diferentes em cada região. No Rio de Janeiro, o samba e os desfiles das escolas. Em Salvador, os trios elétricos, seguidos por multidões que pulam e cantam pelas ladeiras. Em Recife, o frevo e o maracatu. Em Olinda, os blocos,

com seus bonecos gigantes de pano e papel machê. Em Ouro Preto, Minas Gerais, o bloco do Zé Pereira dos Lacaios, criado há duzentos anos.

Dessa forma, cantando e dançando, o brasileiro tranca seus problemas no armário e faz, na rua, o Carnaval mais animado do mundo.

FESTAS JUNINAS

São João, Santo Antônio e São Pedro. Para homenagear esses santos, o povo organiza festas deliciosas durante o mês de junho. Por isso são chamadas de "festas juninas". São realizadas em todo o Brasil e fazem parte do nosso calendário de festas religiosas.

A principal delas é a de São João.

Dizem que Isabel, prima de Maria, mãe de Jesus, para anunciar o nascimento de seu filho, João Batista, levantou um mastro com um boneco na ponta e acendeu uma fogueira ao lado.

Isso acabou se tornando uma das tradições da festa de São João: fazer uma fogueira e levantar um mastro. Depois vieram as bandeirinhas coloridas, os balões e os fogos de artifício. Hoje os balões são proibidos, pois, quando caem, podem provocar incêndios.

As festas juninas mais tradicionais são irresistíveis. As barraquinhas oferecem canjica, amendoim torrado, pipoca, pé de moleque, cocada e um tanto de outras delícias. Para os adultos, quentão, uma bebida forte e cheirosa.

Na barraca de leilão, cachos de bananas, frangos, queijos, doces e licores caseiros, latas de biscoitos, jarras de louça, toalhas de crochê são arrematados ao som dos gritos do leiloeiro:

— Dou-lhe uma... dou-lhe duas... dou-lhe três!

Em outras barracas, o povo joga argolas, pesca na areia, atira bolas na boca de um boneco ou arrisca a sorte numa roleta, pelo prazer de levar pra casa um espelhinho de bolso, uma bola, uma garrafa de vinho.

Outros aproveitam essa noite especial para fazer pedidos ou pagar promessas. Alguns chegam até a passar descalços sobre as brasas da fogueira, depois da meia-noite, sem se queimar. Para isso, é preciso ter muita fé...

O que todo mundo gosta é de saber do futuro. Existe até uma forma de você descobrir com quem irá se casar: numa bacia cheia de água, coloque papeizinhos dobrados, com os nomes dos pretendentes. A bacia deve ser deixada a noite toda sob a luz da Lua. Na manhã seguinte, o papelzinho que estiver aberto revelará o nome do futuro noivo ou noiva. Boa sorte!

Quem gosta de dançar não pode perder a quadrilha, outra tradição das festas juninas. Homens e mulheres formam pares e executam passos dessa dança de origem europeia, sob o comando de um "marcador":

– Caminho da roça!... Olha a cobra!... É mentira!... Balancê! Anarriê!

O sanfoneiro parece incansável. A sanfona é uma coisa viva que espicha e encolhe nas suas mãos, enchendo a noite de música, até o dia amanhecer.

FESTA DO ROSÁRIO

A festa do Rosário é uma festa religiosa que acontece em várias regiões do Brasil e em diferentes datas. Foi criada pelos negros, ainda no tempo da escravidão, para homenagear Nossa Senhora do Rosário, sua padroeira. Como os escravos não podiam se manifestar livremente, a festa funcionava, para eles, como um verdadeiro desabafo, enchendo as ruas de música, batuques, danças e rezas.

Conta a lenda que, há muitos e muitos anos, Nossa Senhora do Rosário apareceu no mar. Os caboclos, índios já catequizados pelos jesuítas, rezaram, tocaram e dançaram, chamando a santa para a terra. Mas ela não os ouviu. Depois foi a vez dos marujos, que eram os brancos colonizadores. Tentaram, da mesma forma, e nada. Só quando os negros, chamados catopês, cantaram e dançaram na praia é que Nossa Senhora do Rosário veio para junto deles, tornando-se, assim, sua protetora.

Por incrível que pareça, é na cidade do Serro, em Minas Gerais, bem longe do mar, que essa história é contada e recontada pelos dançantes, durante a festa do Rosário, que se realiza da forma mais tradicional, preservando seus mais antigos rituais.

Tudo começa no primeiro sábado de julho, às cinco horas da manhã. A música da caixa de assovios, um instrumento composto de pífaros e caixas de couro, junto à porta da Igreja do Rosário, pede permissão a Nossa Senhora para fazer a festa. O sino toca três vezes e, então, as portas da igreja se abrem: é o sinal de que a festa pode ser realizada.

Dizem que o som da caixa de assovios representa os gemidos dos escravos no cativeiro.

Um dos pontos altos da programação é a procissão, que conduz a imagem de Nossa Senhora do Rosário pelas ruas da cidade. O cortejo é enorme: os membros da igreja e da irmandade; todo o reinado, com rei, rainha, juízes,

juízas e mucamas; os caboclos, dançando com suas roupas de penas; as figuras mascaradas de Papai Vovô e Mamãe Vovó e o Caciquinho, um menino vestido de índio; os marujos, tocando instrumentos de corda e percussão; e os catopês, que usam colar de penas e um pano nas costas, como um manto colorido. O povo se aglomera por todo lado: nas janelas e portas, nas calçadas e varandas, ou seguindo a procissão.

Os lugares por onde passa o cortejo se enchem do som misturado da cantoria de cada grupo, do batuque das caixas, de violões, pandeiros, de rezas, palmas e fogos de artifício.

Como não poderia deixar de ser, a festa do Rosário é também uma festa de sabores. São almoços, ceias, pratos típicos de dar água na boca, principalmente uma mesa de doces caseiros, que é oferecida aos dançantes.

Na segunda-feira, são passadas as coroas e os cetros para os membros do novo reinado, que serão festeiros do próximo ano, e que prometem manter as tradições e os rituais na realização da festa do Rosário.

CÍRIO DE NAZARÉ

Em outubro, no segundo domingo do mês, um rio de gente percorre, vagarosamente, as ruas da cidade de Belém do Pará.

É uma procissão gigantesca, chamada Círio de Nazaré, que reúne mais de um milhão de pessoas para homenagear Nossa Senhora de Nazaré, a padroeira da cidade, e conduzir sua imagem, da Catedral Metropolitana até a Basílica.

Mais do que qualquer outra, essa festa tem que ser vista pessoalmente, pois a fé e a emoção das pessoas é que são o grande espetáculo do Círio.

Bem no meio da multidão, vai a imagem da santa, transportada numa berlinda – carrinho com uma espécie de oratório todo enfeitado de flores e puxado por um grupo de homens.

Um dos elementos mais impressionantes do Círio é uma corda, que vai sendo levada pela multidão para pagar promessas ou homenagear a padroeira. As pessoas se espremem umas contra as outras, numa verdadeira luta para conseguir um lugar junto à corda. A caminhada, feita com os pés descalços, é muito lenta.

O sacrifício é quase insuportável por causa do calor, da sede e dos empurrões. Mas a força da fé não deixa a multidão desanimar.

Um outro tanto de gente carrega objetos que representam milagres alcançados: miniaturas de barcos, de casas, partes do corpo feitas de cera, pedras, tijolos, fotografias, imagens da santa, terços e lenços.

Toda festa tem seu som característico. No Círio, é uma mistura de sinos, foguetes, bandas de música, cantos religiosos, orações e vivas. No caminho da procissão, as casas têm toalhas e tapetes enfeitando a fachada.

Depois de percorrer mais de 4 quilômetros e colocar a imagem no altar-mor da Basílica, é hora de ir para casa. Em cada uma, a festa continua por conta do caranguejo, do tacacá, do tucupi e de outras delícias típicas do Pará.

Uma das atrações do Círio são os brinquedos de miriti, feitos no interior do Pará, que só aparecem nessa época do ano. O miriti é uma palmeira da Amazônia, leve e muito macia, usada para esculpir barquinhos, carrinhos, bonecos e bichos, que são vendidos pelas ruas.

A origem dessa festa – e de toda essa devoção – é muito interessante. Conta a história que um caçador e lenhador encontrou a imagem de Nossa Senhora de Nazaré perdida entre pedras cobertas de lodo. Então, construiu um altar em sua casa e nele colocou a imagem. Misteriosamente, ela desapareceu de lá, surgindo no lugar onde fora encontrada. Isso se repetiu várias vezes. O homem, então, construiu no local uma pequena capela para guardar a imagem. Hoje, no lugar onde havia a capela, está a Basílica de Nossa Senhora de Nazaré.

NATAL

A festa de Natal começa bem antes do dia 25 de dezembro. Já em novembro, as pessoas estão trocando mensagens que lembram a necessidade do amor e da solidariedade entre os homens.

A cidade se enfeita, e todo mundo se manifesta de alguma forma, em nome do Natal. Há sinais disso em portas, janelas, vitrines, ruas, praças e jardins.

Infelizmente, a troca de presentes, as ceias e as reuniões características dessa época vêm se transformando, cada vez mais, em simples compromisso social.

Mas as tradições populares preservam o verdadeiro motivo da festa: celebrar o nascimento de Jesus e sua lição de simplicidade e amor ao próximo.

A montagem do presépio é uma dessas tradições. Desde que foi feito pela primeira vez, por São Francisco de Assis, em 1223, o presépio se transformou em uma fonte de inspiração e criatividade em todo o mundo. Aparece em barro, ferro, madeira, papel e até massa de modelar, e representa a Sagrada Família: José, Maria e o Menino Jesus. Em torno deles pode estar qualquer bicho do mundo, figuras recortadas de papel, carrinhos, aviões, barcos, bonecos diversos, flores, plantas de verdade ou de mentira, nuvens de algodão, brilhos, cascatas e montanhas. Não há limites para a imaginação de quem constrói um presépio.

Outra coisa que não pode faltar no cenário dessa festa é a árvore de Natal. Diz a tradição que tudo começou porque antigamente enfeitava-se a árvore mais próxima de casa, para agradecer pela boa colheita do ano e garantir sempre uma mesa farta. Hoje, junto com a figura do Papai Noel, ela é um dos mais fortes símbolos da festa.

Quem não acredita em Papai Noel? Com sua roupa vermelha, barba branca, entregando presentes em todas as casas do mundo? Para as crianças,

até uma certa idade, o melhor da festa é esperar por ele. Elas sabem que, para receber presentes, precisam deixar seus sapatos ao lado do presépio ou da árvore de Natal.

Algumas tradições dos festejos do Natal foram abandonadas com o tempo. A "lapinha" ou "pastoril", por exemplo, que era um grupo de pessoas que visitava as casas cantando e dançando junto ao presépio, foi muito comum no Brasil colonial. As mulheres se vestiam de pastoras, com chapéu de palha, fitas coloridas e cesta de oferendas, de damas orientais, cheias de colares e brilhos, ou de lavadeiras com suas trouxas de roupas. Os homens, de pastores, com seus cajados, ou de reis magos. Para completar o grupo, era indispensável a presença dos tocadores de violão e pandeiro. Depois das apresentações, choviam flores sobre eles, e todos se reuniam para a ceia. Ainda hoje, em algumas cidades mineiras, podem-se ver as "pastorinhas", figuras femininas do pastoril.

– É ótimo saber sobre as festas do nosso povo. Mas o bom mesmo é participar delas, não é verdade? O que acabamos de ver não passa de uma pequena mostra do nosso calendário de festas populares. São tantas, por este Brasil afora! A Festa do Boi, em Parintins, as Cavalhadas de Pirinópolis, em Goiás, a Festa de Nossa Senhora dos Navegantes, em Porto Alegre, as festas de largo, em Salvador, as festas de produções agrícolas – da uva, do milho, das rosas... – as festas de padroeiros, e muitas e muitas outras.

Se você perdeu as deste ano, no ano que vem tem mais. Fique atento! Encha a mala de alegria e... boas festas!

Referências bibliográficas

ALMEIDA, R. *A inteligência do folclore*. 2. ed. Rio de Janeiro: Companhia Editora Americana/MEC, 1974. 370 p.

ALMEIDA, R. *Vivência e projeção do folclore*. Rio de Janeiro: Agir, 1971. 164 p.

ARAÚJO, A. M. *Cultura popular brasileira*. 2. ed. São Paulo: Melhoramentos, 1973.

ARAÚJO. A. M. *Folclore nacional*: festas, bailado e lendas. 2. ed. São Paulo: Melhoramentos, 1967. v. 1.

CASCUDO, L. C. *Dicionário do folclore brasileiro*. 3. ed. Rio de Janeiro: Edições de Ouro, 1972. 942 p.

EDELWEISS, F. *Apontamentos de folclore*. Salvador: Centro Editorial e Didático da Universidade Federal da Bahia, 1993. 121 p.

LIMA, R. T. de; ANDRADE, J. de. *Escola de folclore*: Brasil; estudo e pesquisa de cultura espontânea. [s.l.]: Livramento, 1979.

MARTINS, S. *Folclore em Minas Gerais*. Belo Horizonte: Editora UFMG, 1991.

MORAES FILHO, M. *Festas e tradições populares do Brasil*. Belo Horizonte: Itatiaia, 1979.

NUNES, M. C. História e significação simbólica da festa do Rosário do Serro. Artigo inédito.

RUIZ, C. M. P. *Didática do folclore*. 4. ed. Rio de Janeiro: Papelaria América, 1983. 96 p.

FESTAS

Coleção O folclore do Mestre André

Texto e ilustrações © 2000 MARCELO XAVIER

FICHA CATALOGRÁFICA

Dados Internacionais de Catalogação na Publicação (CIP)
(Câmara Brasileira do Livro, SP, Brasil)

Xavier, Marcelo
Festas / [texto e ilustrações] Marcelo Xavier; fotografia Gustavo Campos e Eugênio Sávio. São Paulo : Formato Editorial, 2000.
(Coleção O folclore do Mestre André)

ISBN 978-85-7208-780-3
ISBN 978-85-7208-781-0 (professor)

1. Folclore - Brasil I. Campos, Gustavo. II. Sávio, Eugênio. III. Título. IV. Série.

CDD-398.0981

Índice para catálogo sistemático:
1. Folclore brasileiro 398.0981

Gerente editorial
ROGÉRIO CARLOS GASTALDO DE OLIVEIRA
Editora-assistente
ANDREIA PEREIRA
Auxiliar de serviços editoriais
FLÁVIA ZAMBON
Diretoria editorial
SONIA JUNQUEIRA
Editoria de arte
NORMA SOFIA
Assistência editorial
JAKELINE LINS
Secretaria editorial
FLÁVIA ARAÚJO
Editoração eletrônica
BRUNO MARTINS

Projeto gráfico
MARCELO XAVIER
NORMA SOFIA
Fotografia
GUSTAVO CAMPOS
EUGÊNIO SÁVIO (p. 21, 23, 25 e 4ª capa)
Preparação de texto
MARGARET PRESSER
Revisão final
ELZIRA DIVINA PERPÉTUA

Direitos reservados à
SARAIVA S.A. Livreiros e Editores
Rua Henrique Schaumann, 270 – Pinheiros
05413-010 – São Paulo – SP
PABX: (0XX11) 3613-3000
www.editorasaraiva.com.br

Atendimento ao professor: 0800-0117875
falecom@formatoeditorial.com.br

Visite nosso *site*
www.formatoeditorial.com.br

Proibida a reprodução total ou parcial desta obra sem o consentimento por escrito da editora.

1ª tiragem, 2012

Impressão e Acabamento: Cometa Gráfica e Editora
www.cometagrafica.com.br - Tel- 11-2062 8999

Créditos de produção do CD Festas:

Título do CD:
FESTAS
Autor:
MARCELO XAVIER

Trilha Sonora – composição e Arranjos:
LADSTON DO NASCIMENTO
JULIANA SERRA
CLAUDIO DIAS
Narrador:
MARCELO XAVIER
Acordeon/Arranjos:
TERESA CRISTINA CARVALHO
Pesquisa:
AUDIOARTTE
LADSTON DO NASCIMENTO
TERESA CRISTINA CARVALHO
Cantores:
LADSTON DO NASCIMENTO
RAQUEL FILOGÔNIO
CLAUDIO DIAS
LINA CAVATONI
FERNANDA CAVATONI
Temas compostos:
LADSTON DO NASCIMENTO (Iemanjá, Carnaval e Círio de Nazaré)
Temas de Domínio Público:
AS PASTORINHAS (Natal)
CAI, CAI, BALÃO (Festa Junina)
OH, DÁ LICENÇA (Festa do Rosário)
Arte-final:
CLÁUDIO MÁRCIO (PRODIGITAL)
Gravação e Mixagem:
ESTÚDIO AUDIOARTTE

Conteúdo do CD de áudio Festas

Faixa	Duração
1 – Introdução	3:00
2 – Festa de Iemanjá	3:44
3 – Iemanjá – Tema musical	1:23
4 – Carnaval	3:23
5 – Carnaval – Tema musical	1:33
6 – Festas Juninas	4:11
7 – Festas Juninas – Tema musical	1:22
8 – Festa do Rosário	4:42
9 – Festa do Rosário – Tema musical	1:25
10 – Círio de Nazaré	4:30
11 – Círio de Nazaré – Tema musical	1:33
12 – Natal	4:57
13 – Natal – Tema musical	1:07
Duração total	36:56

Coleção
O FOLCLORE DO
MESTRE ANDRÉ

Títulos publicados

- MITOS
- FESTAS
- CRENDICES E SUPERSTIÇÕES